ENCUENTROS CON LO OCULTO

VOL.1

Loli Villarejo Alcalde

A ti que desde el cielo has hecho posible que pueda hacer esta novela.
A ti que sé que la leerás con los ojos del alma.
A ti que te llevaré en el recuerdo con cada frase, con cada letra.
A ti te la dedico abuela.

ÍNDICE

Loli Villarejo Alcalde

Capítulo 1

Quizá el lector puede pensar que es fruto de una pesadilla lo que voy a relatar aquí. Pero puedo asegurar que aunque la imaginación puede jugar malas pasadas, lo cierto es que ocurrió. Y ocurrió porque el libro que va a empezar, gran parte lo escribieron; ánimas, almas en pena, espíritus y otras entidades que no moran en este mundo.

¿Qué estoy pirado?... Posiblemente, pero piensen que después de leer lo que a continuación le voy a relatar, esa locura podría contagiársele. Ya que no es el cuerdo el que sueña y ve mas allá, si no el "loco".

Ya casi iba a entregarme a los brazos de Morfeo cuando me sonó el móvil, era la voz de José.

– ¡Compañero!, ¿que tal estas?

–Bien, José. –Le respondí con la voz apagada y algo de desgana por el sueño que llevaba encima.

–Me alegro, me alegro. ¿Oye, te apetece una vuelta por el campo?

–Preguntó José.

– ¿A las dos de la mañana?, ¿Y en Octubre?

–No Fernando. –Respondió echándose a reír –. Otro día más temprano sería más adecuado. Por cierto amigo; Me ha llegado la información que cerca de donde yo vivo hay un hospital abandonado que según los que han investigado tiene un pasado truculento.

Ante lo que me estaba diciendo José mis sentidos se reanudaron y juraría que el sueño que cargaba se esfumó.

–Si, cuéntame… –Le dije con voz apresurada –. José continuó su relato.

–Pues según periódicos de la época la noche del 31 de Octubre de 1948 calló un rayo en aquel hospital. Uno de los postes de alta tensión calló sobre un árbol que estaba a escasos metros del costado del edificio. El árbol tras el trallazo, se rompió en dos mitades y la parte incendiada entró en uno de los grandes ventanales del piso bajo entrando con violencia en las habitaciones y llevándose por delante una bombona de oxigeno que ante el calor explotó e hizo un efecto de bomba por todo el recinto, quemando a mas de doscientas personas que no pudieron huir de tal infierno.

– ¡Que horror! –Pensé –. Seguidamente lo seguí interrogando. Y… Me imagino que ese sufrimiento y dolor que debió pasar esa gente habrá impregnado aquello ¿No?...

– ¡Exacto! –Exclamo José ilusionado –. No tienes idea Fernando la cantidad de psicofonías, grabaciones en vídeo, y registros de todo tipo que se han recogido en aquel lugar.

–Bien, pero si ya están investigando en el lugar otros profesionales.

–Le respondí – ¿Qué vamos a aportar nosotros?, seguro que se nos habrán adelantado ya. ¿No?

Se escucho un suspiro procedente del otro lado del aparato y José con tono entre socarrón y convencido me dijo:

– ¡Ay Fernando!, que poco confías en tu viejo amigo. Ya había pensado en eso. Nosotros no solo vamos a investigar, si no que vamos a hablar con ellos, entraremos en su mundo.

Las pulsaciones del corazón las notaba golpeando en mi cabeza de la emoción. Sabía que José no era un charlatán y si afirmaba algo así, era que algo de verdad habría.

Le respondí con una pregunta en tono elevado que a buen seguro le hizo separase el aparato del oído.

– ¡¿Cómo?!

-Si Fernando, lo que oyes. Pero te daré mas detalles mañana. ¿A las diez de la noche te viene bien donde siempre?

–Si, pero…

Me dejó con la palabra en la boca y colgó. Jodido José, sabía mis puntos débiles, y uno de ellos era adentrarme otra vez en este mundo y empezar otra investigación que Dios sabe donde nos llevaría. Pero esta vez era diferente, esta vez intuía que íbamos a encontrarnos verdaderamente con lo oculto.

Decidí llevarme lectura a la cama, estaba a mitad de un libro de relatos, que mas de una noche me había hecho sobrecogerme y porqué no decirlo; motivarme para reunir el valor de seguir por los senderos oscuros e incomprendidos del la investigación paranormal. Desde luego no os voy a destripar el contenido del citado relato pues podría caer en vuestras manos algún día. Pero si os dejaré aquí un fragmento que me hizo reflexionar sobre el sentido de ésta apasionante profesión.

"Rompes la oscuridad mortecina, con tu luz decadente pues estás en la orilla de la muerte y aun así ahí habitas. Ser entre tinieblas que lloras tu condena que suplicas con tus lagrima el purgar tu pena latente. Tú que no sabes de años y encerrada te sientes, que tu mirada se pierde en el tiempo, en un tiempo perenne. Pues un día estabas viva y ahora los vivos son los que te temen. Errante en tu morada, pasaras los siglos olvidada por los que fueron tus ancestros y de ti dirán que no existes, pues el miedo que nos produce solo con decir tu nombre nos consume como a una vela, como el frío del invierno al abrir una ventana. Te llamaran por varios nombres, pero todos sabemos que eres un ánima".

Llegaron las diez de la noche del siguiente día.

Nos citamos a la orilla del un cruce de caminos y un “cruceiro” del que contaban multitud leyendas era testigo mudo de nuestra reunión.

Allí estaba José, recibiéndome con una amplia sonrisa como siempre acostumbraba a hacer.

El camino hasta el hospital abandonado era oscuro y partes iguales; tétrico y deshabitado.

El fuerte viento empezaba ha hacer aparición chascando las ramas de los árboles y creando un atmósfera mortuoria. Nuestras linternas cortaban la oscuridad abriendo a cada paso un tramo más de la senda que nos llevaría al antiguo centro de salud.

Empezamos ha hablar de cosas banales, posiblemente para paliar de alguna manera la sensación que producía caminar por semejante paraje. Nuestras voces enmudecieron. Ante nosotros vimos una figura negra e inmóvil que nos cortaba el paso del camino. El viento le hacia mecer los ropajes que llevaba. Y en ese momento rompió el primer relámpago de la tormenta que se anunciaba desde hacia minutos. El fulgor del fenómeno nos descubrió que no era un ser de otro mundo.

Era Carlos, un habitante de la zona y aficionado de estos temas que había quedado citado con José.

Él conocía el hospital como la palma de su mano, y ya que estaba en ruinas, nos podría guiar por él sin que tuviéramos ningún percance.

El susto de Carlos al vernos fue muy parecido al nuestro cuando lo vimos a él. José saliendo de la impresión se acercó hasta nuestro nuevo amigo dándole la mano y presentándome al nuevo miembro del grupo. Después me explico lo que os he relatado anteriormente sobre nuestro recién llegado acompañante.

Tras salir de unos arbustos. (Como un fantasma en la noche). Apareció ante nuestros ojos el motivo de nuestra visita.

Era una impresionante mole de piedra edificada en un claro del bosque. Las ventanas ahora vacías de luz interior, creaban la pareidolia de una calavera con las cuencas de los ojos sin vida.

La tormenta empezaba a ganar fuerza y no parecía que fuera a remitir en breve plazo. El sonido de los truenos hacía estremecer la estructura del edificio comido por el tiempo.

Los tres entramos en aquel caserón siniestro. Tuvimos que empujar el pontón principal apresuradamente.

La tormenta empezaba a ganar fuerza y no parecía que fuera a remitir en breve plazo.

El salón de la entrada al inmueble era impresionante. La presidían unas escaleras de mármol que las remataba al final dos columnas que sostenían dos globos de cristal en lo que se podía adivinar el grabado del símbolo de la medicina. Digo se adivinaban; por que éstos estaban rotos, seguramente por los vándalos y los animales que posiblemente habitaron durante décadas la mansión.

Después de reconocer el edificio andando por donde nos guiaba Carlos, extendimos los sacos de dormir en el suelo y prendimos el camping-gas que llevábamos consigo. Decidimos en ese momento entrar en una de las habitaciones del hospital. Hicimos un corro alrededor de nuestra fuente de luz. José sacó una caja de madera delgada ajada por al parecer el paso de los siglos.

En su tapa había una inscripción muy extraña. De ella extrajo una tabla también de madera gruesa que puso sobre su regazo. En ese momento como presa del pánico Carlos exclamo:

– ¡No¡ ¿Eso es una Ouija?

–Si. –Respondió José–. Pero no es una Ouija cualquiera Carlos. Fue encontrada escondida en una vieja capilla de la localidad gallega de San Andrés de Teixido . El pergamino que fue encontrado con ella rezaba en el antiguo Galego:

"A porta ábrese esta táboa abre o reino do desencarnado, que Deus teña misericórdia sobre aqueles que fan uso del, se realmente non pode pecha-la despois do uso"

Que traducido quería decir; **"La puerta que abre esta tabla abre el reino de los desencarnados, dios se apiade de aquel que haga uso de ella, si no sabe realmente cerrarla tras usarla".**

– Yo no quiero participar en esto –Exclamo Carlos–. ¡A mi nadie me ha dicho nada de utilizar un instrumento tan peligroso!

–Carlos cálmate –Dijo José con voz conciliadora y continuó–: Si hacemos caso a las instrucciones que seguían a la frase del pergamino, no tendremos ningún problema.

–Te aprecio José –Contesto Carlos– Pero sabes que hay fronteras que no se deben de cruzar.

-Lo se…

José no pudo terminar la frase.

Desde el fondo de la habitación se oyeron unos crujidos que crearon un silencio sepulcral en toda la estancia. La temperatura de la habitación comenzó a descender a marchas forzadas y un susurro lejanos empezaban a oírse confundido con el ulular del viento.

Carlos anduvo unos pasos hacia atrás. La cara se le transformó palideciendo por momentos.

En ese instante José levantó del suelo y fue hacia el foco de los extraños ruidos, miró por encima del hombro volviendo la cabeza atrás y esbozo una sonrisa incluyendo:

–Señores… No podemos sugestionarnos. Hay que buscar una explicación a esto.

A continuación cerro una ventana derruida, que con el efecto del viento de la tormenta había creado un sonido fantasmagórico complementándolo con el crujir de las viejas maderas que la formaba.

Carlos visiblemente nervioso y aún más alterado con lo que nos acababa de ocurrir cogió su mochila y mirándonos con la cara espantada nos dijo:

–Si os queréis quedar quedaos, pero yo me voy. No quiero seguir con esto. ¡Estáis locos! No sabemos que fuerzas estamos moviendo. No sabemos si entramos en dimensiones de las que posiblemente no sabremos manejar. ¡Me voy, me voy!

– ¡Carlos, no hay ningún peligro! ¡Carlos vuelve! –Gritó José, Mientras que Carlos bajaba los escalones del primer piso de dos en dos.

Un sonido atronador invadió el enorme recibidor de entrada al hospital cuando como una exhalación Carlos cerró la puerta de salida tras de sí. El portazo coincidió con un trueno que sonó como el mazazo del juicio final.

Quizá alguna mala experiencia había hecho que nuestro amigo reaccionara así.

José y yo mantuvimos un silencio que duro unos segundos, salpicado solo por la tormenta que en esos momentos incrementaba su fuerza, como uniéndose a lo ocurrido.

Volvimos donde lo habíamos dejado, sin emitir ni un sonido. Seguramente las palabras estaban de más en ese momento.

Yo me senté primero alrededor del tablero antiguo de madera. José se sentó después cogiendo el indicador de las letras, números y palabras de aquella Ouija tan especial.

Mi amigo empezó a respirar hondo y me pidió que pusiera el dedo en el indicador. Yo accedí aun con mis reservas y pensando en las frases de advertencia de Carlos. Interiormente y aunque no se lo comunicara a mi colega pensaba que tenía algo de razón.

José empezó la sesión de Ouija con una pregunta al mundo etéreo, que aunque conocida era efectiva y directa.

– ¿Hay alguien más con nosotros?

El indicador no parecía moverse, pero al insistir José con la pregunta notamos un pequeño tirón en la pieza de madera.

Automáticamente José dejó a la mitad la pregunta. El comido redondo de la madera empezó a moverse de un lado a otro indicando algo.

– "3… 1… 5"

¿Trescientos quince? ¿Que nos querían decir con eso?

José y yo nos miramos. Y como en una trasmisión telepática preguntamos a coro:

– ¿Qué queréis decirnos con esta numeración?

El indicador fue descubriendo nuevamente un mensaje letra por letra.

– "B... u... e..." "Buenos investigadores, malos observadores".

Al menos era un cumplido, y más viniendo del más allá. ¿Pero porque decía que éramos malos observadores. ¿Qué había allí con esa numeración?

Una de mis cualidades era precisamente el ser buen observador.

La Ouija pareció dejar de estar activa. Aproveché en ese momento y como con un resorte en mis piernas y me levanté del suelo. Acto seguido empecé a buscar el reto que nos planteaban la tabla.

Miré en los documentos comidos por el polvo que se amontonaban encima de una estantería, Fui mirando uno por uno los informes médicos que aún colgaban de los pies de las camas de los pacientes que las ocupaban en esa época. Pero nada.

José a la vez me ayudaba en la tarea. En ese momento caí en que estábamos en una habitación que como en los hoteles está numerado. Me dirigí al dintel del la puerta, miré encima del marco. ¡Coincidía!, era la habitación 315.

José me miró y con un gesto risueño y me dijo:

–Bueno, pues nos han respondido a la pregunta.

Asentí con la cabeza, pues tenía razón. Despejaron nuestras dudas de una forma original al preguntarles:

– ¿Hay alguien más con nosotros?

Ese "315" significaba que "si", que estaban allí mismo.

Fuera de la habitación mirando a José en ese preciso momento note una brisa helada que me hizo girar la cabeza a la izquierda.

En el descansillo de la escalera delante de mí apareció una niña con un camisón largo que contaría unos 8 años. El pelo negro caía alrededor de sus hombros aunque no se distinguía donde acababa. Debajo de esa prenda se desdibujaban sus piernas dejando ver los escalones de madera oscura.

Mi cuerpo se paralizó, notaba el temblor de las rodillas. Aún en mi estado atiné a balbucear:

–José ven…

– ¿Por qué que pasa? –Preguntó.

– ¡Joder no hagas preguntas y ven! –Le respondí asustado.

José pausadamente y ante la cara de auténtico terror que reflejaba, caminó lentamente hacia mí y se puso a mi lado. Yo con la mano temblando le señalé el motivo de mi impresión.

La niña nos miraba en silencio. Y una vez pasados unos segundos nos dejó caer un:

–Hola…

José visiblemente más calmado que yo la interrogó.

–Hola, ¿te has perdido?

Con una voz que no parecía salir de ella respondió:

–No, estoy aquí porque dice mamá que estoy "malita".

Lógicamente no había ningún enfermo allí desde hace más 60 años.

Me admiraba la entereza de José cuando después de confirmar que no era una niña normal le siguió preguntando.

–Niña. ¿Sabes que aquí hace muchos años ya no hay nadie?

–Si, se fueron muchos. Pero a los médicos los veo a veces. Y a los "quemados", también. No dejan de gritar desde aquel día del incendio.

Sin dejar que José volviera a preguntarle, la niña señalo la puerta de entrada y preguntó:

–¿Sabes si está el niño de esa habitación? Es mi amigo.

–Chica, aquí no hay nadie, solo nosotros. ¿Como se llama tu amigo? –Pregunto mi compañero.

–Se llama Carlos. –Respondió el espectro de la niña.

Nos hicimos una fugaz mirada José y yo. Yo logré que mis cuerdas vocales reaccionaran otra vez después de ver tal visión delante de nosotros.

Como muchas veces nos ocurría contestamos a la vez con otra pregunta a aquella entidad, aunque en tono bajo:

– ¿Carlos?

La niña afirmó con la cabeza.

¿Podría ser una casualidad que nuestro compañero se llamara igual?.

José reacciono y la interrogó de nuevo mientras que avanzaba unos pasos hacia la aparición.

–Niña, ¿Sabes si el hombre que estaba aquí esta noche es el niño que buscas?

La mirada de la niña quedó fija en José. A la vez una sensación de intranquilidad iba aumentando. Comenzaron a escucharse lamentos lejanos y gritos de dolor que se mezclaban con sonido de la tormenta.

Los ojos de la pequeña se iluminaron como los faros de un coche en plena oscuridad. Ella misma miraba su cuerpo semitransparente y comenzó a negar con la cabeza sin emitir ni un sonido.

En lo más profundo del pasillo se empezó a escuchar una voz angustiada, muy lejana, que iba en aumento.

– "¿Adriana hija, donde estas?. Adriana no te veo…" –Decía la llamada entre sollozos.

– ¡Mamá, estoy aquí ayúdame mamá! –Respondió la voz ahogada de aquella niña fantasma.

Delante de nuestros ojos atónitos aquella figura comenzó a emitir unas llamaradas amarillas y rojas que en pocos segundos la envolvieron. La niña empezó a producir alaridos de dolor mezclados con la siguiente frase.

– ¡No, no, otra vez no, ¡Dios mío no…! ¡No quiero sufrir mas!. ¡Mamá, mamá, ayúdame!

La escena era horrenda, las llamas consumían su pequeño cuerpo dejando ver el esqueleto que hasta el último momento pedía ayuda.

De entre las tinieblas surgió una mano blanquecina que con el fulgor del fuego fantasma pudimos apreciar. Intentaba sin éxito salvar a la niña, pero fue demasiado tarde. Quizá como ocurriera en el pasado, la madre no pudo llegar a liberar a su hija de aquel infierno exterminador en que se convirtió el hospital hace más de seis décadas.

El alma en pena que hacía unos segundos teníamos delante de nuestros ojos se quedó reducida a una pavesas aún encendidas que el caprichoso viento se llevo. Posiblemente a un lugar que nunca sabremos.

Tras la desaparición del espectro de la chica, pudimos ver una figura enlutada sin cara que aparentemente flotaba escalones mas abajo. La sombra se mantuvo unos instantes y luego se marchó desplazándose hacia el pasillo que conducía a las habitaciones del segundo piso.

Esa noche asistimos, como en una película (que es muy posible que se repitiera sin fin) a la muerte de aquella pequeña.

La impregnación por sucesos violentos crea un eco en el tiempo y en el espacio que aún hoy con la tecnología que disponemos no hemos logrado saber como se produce. Solo que se manifiesta.

Una vez acabado todo, se hizo un silencio sepulcral. En consonancia la tormenta parecía amainar, como dando punto y final a los acontecimientos extraordinarios que acabábamos de vivir. Aunque nunca pensáramos que solo era el principio de lo que nos iba a ocurrir.

José tenía más capacidad de reacción que yo. Siempre lo diré. Me agarró del brazo y me llevó de regreso a la habitación. Se acercó a mi, muy nervioso, como nunca lo había visto antes y me dijo;

José tenía más capacidad de reacción que yo, siempre lo diré. Me agarró del brazo y me llevó de regreso a la habitación. Se acercó a mí nervioso, como nunca lo había visto y me dijo;

Fernando, esto creo que nos supera. Tenemos que volver a la tabla. No se de que manera, pero debemos cerrar esta ventana temporal.

– ¡¿No sabes de que manera?! ¡Pero si nos dijiste que no había peligro! –Respondí acalorado.

–Lo se, lo se, mentí lo siento. –Respondió disculpándose.

– ¡¿Qué mentiste?! ¡¿Sabes lo que hemos provocado?! ¡¿Tienes idea?! –-Le respondí acribillándolo a peguntas.

– ¡Coño lo siento! No sabia que iba a ocurrir esto. Fernando lo hecho, hecho está. Si quieres nos enzarzamos en una discusión pero no llegaríamos a ningún acuerdo. Vamos a sentarnos ante la Ouija e intentar solucionar esto de una manera pacífica.

Las palabras de José me hicieron reflexionar. Aún con la furia contenida que tenia, accedí nuevamente a sentarme con él y comenzar una nueva sesión.

José haciendo un par de respiraciones profundas cogió con su mano derecha el marcador de la tabla y me hizo un gesto de complicidad para que pusiera mi dedo índice también. De mala gana empecé otra vez una nueva reunión ante ese objeto endemoniado. Esta vez no parecía que los espíritus estuvieran por la labor de colaborar.

Los segundos se trasformaron en minutos y los minutos en media hora. Ante el fracaso, José se tumbó en el suelo y resignado comentó:

–Nada, no hay contacto.

–Quizá deberíamos descansar José. –Le respondí más calmado– . Es posible que nuestro miedo o nuestra alteración ante lo ocurrido este bloqueando la comunicación.

–Pues no se que es Fernando pero esta claro que…

Las últimas palabras de mi amigo se quedaron colgando. El marcador comenzó solo a revelar letras. De un grito hice que se incorporara mi amigo.

– ¡Mira José se mueve!

El marcador empezó un recorrido muy rápido, apenas podíamos deletrear los que nos comunicaba. Rápidamente cogí mi pequeño blog de anotaciones y comencé a redactar lo que nos revelaba la tabla:

– "¿Amigos, estáis ahí?, mi coche a sufrido un percance y estoy perdido, no se donde estoy. Creo que en el kilómetro 315. José, Fernando, soy Carlos.

El gesto de sorpresa era evidente en los dos.

¿Cómo podía Carlos estar comunicándose con nosotros a través de la Ouija?

Con su característica forma de reaccionar, José templó la mano que hacía unos segundos le temblaba por tan sorprendente mensaje.

Casi musitando dijo:

– ¿Como es posible esto?. No es posible.

Me miro como pidiéndome una explicación con los ojos. En el interior de mi amigo algo le decía que quien hablaba a través de aquella tabla era Carlos. Ese Carlos que había salido por la puerta hacía menos de una hora. Aunque sé que unas gotas de desconfianza afloraban en mi colega.

Yo sinceramente no supe dar razón de lo que nos había acontecido en las dos horas que estábamos en aquel recinto encantado. Ni mucho menos a lo que creíamos que estaba sucediendo.

Con las manos confundidas y ante el "shock" que supone perder a un compañero, José hizo de tripas corazón y haciendo un esfuerzo sobrehumano y mirando fijamente a la tabla, comenzó a preguntar en voz alta:

– Carlos. ¿Me puedes confirmar que eres tu?. Respóndeme por favor.

La tabla pareció cobrar vida. El indicador se le escapó de las manos a mi acompañante y comenzó a juntar letras, palabras y frases.

– "Si José soy yo. Pero ahora no se donde estoy. Esto esta muy oscuro. Ya no veo mi coche, ni la carretera. Solo oscuridad".

Y el intercomunicador de madera, haciendo sus pausas, siguió revelando el destino de Carlos.

– "José veo el hospital donde estábamos, pero lo veo diferente"

– Diferente, ¿Cómo diferente? ¿A que te refieres? – Preguntó José.

– "Si"… – Nuevamente se hizo una pausa en la tabla.

Pasaron unos interminables segundos, cuando el objeto pareció moverse de nuevo.

– "El hospital parece como si estuviera en activo, esta todo nuevo, no las ruinas que acabamos de ver, como si…Veo a enfermeras, enfermos en sus camas, a médicos. Pero no parecen reaccionar ante mi presencia."

De alguna manera, por algún mecanismo espacio temporal Carlos o lo que era su cuerpo espiritual se encontraba en el pasado del hospital.

– "Un momento. Hay un revuelo. Aquí todo el mundo corre, hay humo, y la gente grita histérica. Van hacia mi, pero no me empujan, me atraviesa, como si no tuviera cuerpo. ¿Que me está pasando?. ¡No, no puede ser!"

Carlos en esos instantes se estaba dando cuenta de su nuevo estado etéreo. A este lado José y yo por primera vez no supimos que responder. El asombro era igual o mayor del que tenía nuestro amigo. Ahora ya espiritual.

Sin perder el carácter reporteril y periodístico de Carlos. (Que parece que aun conservaba). Siguió relatando su experiencia temporal.

– "Esto es horrible amigos, horrible. Acaba de atravesarme una ola de fuego del que no he sentido ningún calor y no me ha provocado herida ni quemadura alguna".

Sin decir una palabra seguíamos el relato deletreado de cada palabra que la tabla nos mostraba.

Como por arte de magia, el indicador dejo de moverse. Algo estaba ocurriendo.

Pasaron los minutos y aquella forma de madera dejó de estar animada, como si siempre hubiera estado así.

Desesperado José empezó a preguntar:

– Carlos. ¿Carlos esta ahí? ¿Carlos me escuchas? Dinos algo amigo. ¿Que ves?

El rumor lejano de la tormenta junto con el silencio se mezcló creando una sensación de lejanía. José parecía hundido. Puse la mano sobre su hombro intentando consolarlo. Pero sus lágrimas cayeron sobre el tablero marcando la superficie de madera clara.

Un crujido leve nos saco del estado de melancolía en que nos encontrábamos. El indicador gravitaba a unos milímetros de la madera, desapareciendo así el sonido de roce que con ésta producía al marcar las letras

– "No os veo"– Nos reveló la tabla.

– ¿Donde estás Carlos? – Pregunto José con la voz aguada.

– "Cerca de vosotros, creo. En la habitación donde estábamos hace una hora pero no os veo, solo a gente incendiada. Cadáveres, solo cadáveres José. Los han asesinado a todos, a todos. Dios esto no era como decían. Dos hombres salieron del hospital corriendo con antorchas. Se han quedado mirando fijamente a la fachada del hospital como asegurándose de su obra".

Íbamos de sorpresa en sorpresa. Esto no era lo que se contó en las crónicas de la época que relataba el incendio fortuito a través de un árbol incendiado por la causa de un rayo.

¿Quien quería acabar con la vida de mas de doscientas personas? ¿Que había allí que no querían que se supiera? Entre estas preguntas nos debatíamos José y yo cuando vimos que el marcador perdió sus propiedades y se quedó inmóvil.

El silencio duró pocos segundos. A nuestra izquierda escuchamos un chasquido seguido de un sonido conocido.

Como si una mano invisible lo abriera, antes nuestros ojos el cajón de un mueble desvencijado que formaba parte del mobiliario de la habitación que ocupábamos, parecía invitarnos a que miráramos en el.

Dejamos momentáneamente nuestro tablero especial al que le habíamos prestado tanta atención en las últimas horas.

José como siempre decidido, se levanto del suelo y se dirigió hacia el cajón abierto.

Yo siendo sincero con el lector le diré que estaba paralizado. Podía sentir cada paso de José por el suelo de madera. Yo con la palma de mi mano levantada y sin poder articular palabra le pedí que no se acercara.

José me miró de reojo y pudiendo más la curiosidad en él que la precaución metió la mano en la abertura del mueble.

– ¿Qué hay ahí José? –La pregunté.

Con el ceño fruncido y cara de confusión me miró y me dijo:

–Un papel... Es solo un papel escrito a mano con unos símbolos y números.

Mi amigo cogió el papel visiblemente amarillento por el paso del tiempo y se sentó en el suelo conmigo.

Yo apresuradamente, con la emoción de un niño en la Noche de Reyes le pregunte:

– ¡¿Que pone, que pone en ese papel?!

José con su carácter calmado me hizo un gesto con la mano y sin decir nada me rogó que me tranquilizara. Comenzó a leer y después a traducir del Galego al Castellano.

"Bendito era o lugar que se fixo fóra de moda. Non veu as súas almas, para dar boa morte o seguidor da palabra de Xesús. Aquí vai atopar a súa convicción de que habitan nestas paredes comonon conseguiron dar a paz, vagueiam na madrugada de lúa chea."

"Benditos era este lugar que se tornó en desgracia. Allí que no llegaron su almas en pena, a dar buena muerte al seguidor de la palabra de Jesús. Aquí hallaran su condena lo que moren en estas paredes que como los que no llegaron a dar la paz, vagaran en las madrugadas con luna llena."

José una vez que termino de traducir me miró con cara de extrañeza y soltó un:

– ¿Que coño quiere decir esto?

Miré el papel y antes de contestarle le di la razón a mi amigo. Unos símbolos seguidos de una numeración le daban lo escrito un carácter aún más intrigante.

Hasta ahora en esta novela, quizá se pregunte el lector. "¿Que pintaba yo?". Pues es cuando entraría en acción.

Mi cerebro se activó. Mis conocimientos de historia y geografía no iban a caer en balde.

Le dije entonces a mí acompañante:

– ¿Donde estamos José?

– ¿Como que donde estamos? –Respondiéndome con otra pregunta.

–Si, no me refiero aún al hospital, si no a la localidad. –Volviéndolo a interrogar.

–Pues… En Baralla, a treinta kilómetros de Lugo. –Respondió mi amigo.

– ¡Claro! –Exclame.

–No sé que ves tan claro Fernando.

–Si José si. En Baralla es donde se cuenta la leyenda del Obispo que murió sin que sus compañeros de congregación pudieran llegar a darle la Extremaunción debido a que unos asaltantes de caminos los mataran a todos. Eso es a lo que se refiere lo redactado en el papel.

José asintió con la cabeza lentamente como afirmando lo que decía y me respondió.

–Vale. ¿Pero porqué está este papel en el hospital? ¿Y los símbolos, y los números?

–Pues, aún no lo se… Déjame el papel –Le dije.

Después de revisarlo unos segundos el documento, pude dar fácilmente con una de las claves.

La numeración del papel era confusa pero me di cuenta a que se refería.

Cogí mi móvil e introduje la cifra que marcaba lo escrito. “42.8928557,-7.253127”. Era la coordenada de un lugar. El GPS de mi terminal reveló que era exactamente donde nos encontrábamos. Y en la información histórica de la zona revelaba que antiguamente en ese mismo enclave existió un lugar derruido hoy en día y sobre el que se construyo el hospital que habitábamos aquella noche. Ese lugar era San Martín de La Calzada.

Todo esto se lo estaba contando a José que no salía de su asombro. Mi colega de profesión no pudo esperar más y preguntó hilando la historia.

– ¿Quieres decir que aquí estaba construido el monasterio al que no llegaron los monjes de la comunidad del obispo?

– Exacto querido amigo. – Le respondí con una sonrisa.

–Entonces… –Preguntándome mi amigo otra vez– ¿Estamos ante el origen de la leyenda?

– Si José. Este es el sitio donde nunca llegaron a dar la extremaunción la comitiva de clérigos malogrados que vagan por los senderos eternamente y les llaman; “La Santa Compaña”.

Mi compañero aunque de manera poco académica resumió en una exclamación (con taco incluido) de lo que en ese momento estábamos pensando:

– ¡Joder que fuerte!

Escuchamos un ruido, como si algo se arrastrara ante nosotros. Fijamos la vista en la oscuridad acostumbrando las pupilas a la negrura del fondo de habitación. Lo que vimos a continuación nos hizo palidecer de terror.

La tabla de madera se iluminó marcando cada uno de las letras y números y proyectó un haz de luz hacia el fondo de la habitación.

La tiniebla del recinto se transformo en unos cortinajes negro que expulsaban hacia nosotros un aire gélido. La imagen de lo que nos descubrió fue la más horrible visión que hasta el momento podíamos visualizar en aquel caserón encantado. La masa negruzca fue formando una figura mas clara que a su vez dejo ver la formación de un rostro conocido.

Era la primera vez que vi a José realmente asustado. Instintivamente echamos unos pasos hacia atrás. Aquella visión cobraba forma y el reconocimiento de esa aparición.

Una voz apagada y casi irreconocible que provenía de aquella manifestación, nombro a mi compañero.

–"José, te puedo ver"

La masa azulada formó un cuerpo humano y siguió avanzando hacia nosotros. Esta vez en completo silencio. La expresión de mi colega de profesión cambio notablemente.

– ¿Carlos, eres tu? –Dejo caer la pregunta con una cara de incomprensión.

– "¡Si!" –Dijo la formación luminosa, donde adivinábamos nuestro amigo recientemente fallecido.

La expresión entre tristeza y sorpresa en José era evidente. El ánima de nuestro amigo extendió la mano hacia mi compañero en un gesto de estrechamiento.

Quizá no le pareciera una buena idea tocar esa aparición y José salió al paso con una pregunta.

– ¿Que te ha pasado Carlos? ¿Como ha ocurrido el accidente?

Nuestro amigo etéreo bajo la cabeza y dijo:

– "No lo se, solo me acuerdo de ver a otros como yo que iban vagando por la carretera y después pensé en vosotros y aparecí aquí"

Y el espectro siguió hablando mezclando su gesto triste con la mano extendida.

– "Estoy asustado José. Amigo, tengo mucho miedo no se que me va a ocurrir, ayúdame por favor".

José aun siendo un tipo recio comenzaron a humedecérseles los ojos y lentamente empezó a levantar la mano para estrechar la de mi amigo. Sabía que alguna forma no lo iba a volver a ver.

Ya casi estaba a la altura de su transparente mano cuando escuchamos un sonido conocido. Era el roce del indicador de la Ouija, moviéndose a toda velocidad como queriendo darnos algún mensaje.

José giro la cabeza hacia el tablero. Yo lo tenía mas cerca y pude empezar a deletrear lo que nos decía:

– "Ese no soy yo… Ese no soy yo… "

Rápidamente entendí que a quien tendíamos delante no era a nuestro compañero y grite con todas mis fuerzas:

– ¡Fernando no, no le des la mano, no es Carlos!

La entidad se trasformó rápidamente en un horrible ser deforme que intentó agarrar del brazo a mi amigo. Aun no se como reaccione pero a toda velocidad y en solo un salto derribe a José y el engendro fantasmal paso por encima de nuestras cabezas desapareciendo en la pared del fondo de la habitación. En su recorrido nos profirió toda clase de insultos y amenazas, pero la que nos heló la sangre fue:

– **"Maldito ignorante abriu a porta das almas negras . Se eu nonfun o único que levar á escuridade outra vontade"**

– "Malditos ignorantes que abristeis la puerta de los de las almas negras. Si yo no he sido quien os lleve a la oscuridad lo harán otros".

Estaba claro que nuestro verdadero amigo fallecido nos había librado de que ese ser del bajo astral nos llevara a su horrible mundo.

Recordé que José muchas veces me decía que como en la tierra hay seres que pueblan un mundo de tinieblas espiritual y que son capaces de mentir y de hacer daño.

La Ouija comenzó a marcar, esta vez más lentamente. Nosotros incorporándonos del suelo y aún con el sobresalto encima nos acercamos a descifrar el mensaje que nos quería trasmitir la tabla. Pudimos leer entonces:

– "¿Estáis bien compañeros?"

Casi al unísono José y yo dijimos en voz alta:

–Si Carlos, muchas gracias.

–Nos has librado de una muy mala experiencia- Dijo José.

– ¿Estas ahí Carlos? –Pregunte a la nada.

La tabla de San Andrés de Teixido no parecía tener actividad.

Había un silencio que nos daba algo de miedo, desde que llegamos no habíamos sentido esa falta de sonido en la casa.

En ese preciso instante, tres cañonazos a modo de llamada se escucharon en la puerta de entrada. El sobresalto en nosotros fue bastante evidente.

José con su habitual y coloquial forma de hablar pregunto:

– ¡¿Qué cojones ha sido eso?!

Nuestro amigo de la otra dimensión, utilizo la tabla otra vez y con un movimiento lento nos transmitió un mensaje que nos dejó aún con más interrogantes.

– "Son ellos".

La oscuridad llego a cada uno de los rincones de la estancia. A la misma vez una brisa trasportaba un profundo olor a cera que presagiaba la más temida de nuestras sospechas.

El medio por el que se comunicaba nuestro amigo de la otra dimensión comenzó nuevamente a cobrar vida. Esta vez el círculo que marcaba sobre la tabla las letras, lo hacia lentamente y fue deletreando:

– "Debo irme".

¿Qué querría decir Carlos con eso?

Aun sin comprender lo que ocurría, Mi acompañante me hizo una seña para que lo siguiera. Yo le hice un gesto. –Como realizándole una pregunta–. Aunque no pronuncié palabra alguna. Pero José insistió.

Lo seguí intrigado dejando abandonada la tabla gallega en la que no parecía que se ausentara la actividad.

Baje los escalones detrás José lentamente. En esos momentos descendió considerablemente la temperatura.

El viento interior que hasta hoy no sabemos de donde provenía, arrastraba el sonido de una campanilla lejana. José parecía tener seguridad a donde dirigía.

La llamada atronadora a la puerta que habíamos escuchado instantes antes, nos había hecho llegar a la entrada del edificio.

Lentamente José estiro la mano y abrió la puerta de entrada.

Frente a nuestros ojos se hizo realidad el mito más antiguo de nuestra región. La leyenda más arcaica con mas peso en nuestra cultura.

Ante nosotros, un grupo fúnebre y enlutado con unas capuchas que no dejaban ver sus rostros, nos observaban en completo silencio a pocos metros de la puerta recién abierta por mi compañero.

Posiblemente el lector no sabe de este fenómeno de almas en penas, pero los habitantes de la zona podrían relatar sin dudarlo quienes son esos "invitados inesperados".

Tienen varios nombres según la zona. Algunos les llaman; "Estadea", otros "Güestia", "Güéspeda", "Estadea Hoste", "Genti de muerti", "Procesión de ánimas" o el más conocido de todos como; "La Santa compaña".

José apresuradamente busco en su riñonera un rotulador de punta gruesa y cogiéndome del brazo me acercó a su lado trazando con el rotulador un círculo en el suelo alrededor de nosotros, terminándolo con una cruz en el centro.

Días más tarde supe que era una forma de protección para evitar que formáramos parte de esa comitiva espectral.

Conté siete seres encapuchados que permanecían en completo silencio. Llamaba la atención que al final de sus túnicas no hubiera pies que los sostuvieran. La formación estaba dividida en dos filas en los que algunos espectros sostenían un hueso que servia de candelabro de una vela.

Del grupo de almas errantes surgió un miembro encapuchado del que pude ver que si caminaba y parecía humano.

Quizá como contaba la leyenda haría el relevo de otro vivo y formaría parte de la comitiva mortuoria.

El encapuchado se descubrió y pudimos ver a la joven mas hermosa que posiblemente hubiésemos visto nunca. Sus profundos ojos verdes se clavaron en los míos. Cuando lentamente su mano se fue elevando hasta señalarme a mi.

José me dijo en voz baja pero con energía.

–No salgas de aquí, no salgas del círculo.

Una voz conocida a nuestras espaldas nos sobresalto. Era la voz inconfundible de Carlos.

Al girar la cabeza pudimos contemplar a nuestro amigo fallecido como se fue por la misma puerta que teníamos abierta. Pude entender entonces que no era a mí a quien señalaba la bella mujer.

– "No os asustéis compañeros, no vienen a por vosotros, ellos me llevaran al mundo de los muertos"

Con los ojos como platos ante tal acontecimiento, notamos como la formación fantasmal de Carlos nos tocó el hombro a modo de despedida.

Yo no pude más contenerme y antes de perderle de vista lo interrogue queriendo obtener respuestas y le dije;

–Carlos, ¿Y porque la Santa compaña?, ¿Porque ellos te llevan al otro mundo?, ¿Qué ocurrió aquí en realidad?

Casi disolviéndose en la niebla con sus acompañantes nocturnos, aun pudimos oír la voz de Carlos respondiendo a mis preguntas que mezclaba con el viento y el tintinear de las campanas que llevaba el grupo:

– "Queridos amigos, pronto conoceréis la verdad. Todo esto, no ha hecho más que empezar"

Observamos como nuestro amigo se adentraba en la formación de ánimas en pena, cerrando un corro alrededor de él.

Estaba claro que la misión que tenía aquella noche "La Estadea" era la de acompañar a Carlos para dar el paso al mundo de los desencarnados.

La reunión de almas se fue alejando poco a poco perdiéndose en la nada, incluida la muchacha enigmática que también fue adsorbida en aquella compañía macabra.

José dio un paso al frente saliendo del círculo. Su cara reflejaba algo de preocupación y me atreví a preguntar:

– ¿José estas bien?

–Si, Fernando. Pero de todas las preguntas que ahora pasan por mi cabeza hay una que me preocupa más que ninguna.

Hice un espacio de tiempo, esperando que José por si mismo me dijera la pregunta que le rondaba la cabeza y a la vez le preocupaba.

Mi amigo quedo mirando al vacío con cara pensativa. Yo no pude esperar mas y le expuse la cuestión que el lector se imagina.

– ¿Qué pregunta José?, interrogándole en voz baja.

José pareció salir de su estado catatónico y reacciono ante mi pregunta.

–Fernando… –Me respondió con otra pregunta–. No entiendo una cosa. ¿Si La Santa Compaña va a por vivos para acompañarlos a la muerte, como es que se han llevado a Carlos que había fallecido ya?

Encogiéndome de hombros empecé a preguntarle yo esta vez.

– ¿Y de todo lo que hemos visto, todos estos fenómenos paranormales solo se te ocurre preguntar eso?

–No es solo eso Fernando –Me respondió con desgana–. Como dijo nuestro amigo Carlos, aún no conocemos la verdad de este lugar.

–No se a que te refieres, "la verdad", ¿Qué verdad? –Pregunté.

–Ven conmigo. –Haciéndome un gesto apresurado–. Tenemos que subir y descifrar los que quieren decir esos símbolos del papel. ¿Recuerdas?, el papel que encontramos en el cajón que se abrió solo.

Asentí con la cabeza, seguí a mi colega de profesión que daba grandes zancadas escaleras arriba.

El papel seguía en el mismo lugar donde lo dejamos y la Ouija parecida no tener vida alguna.

Nervioso José agarró el papel, me lo entrego, y mirándome fijamente a los ojos me dijo:

–Tú eres el experto en culturas antiguas, en historia, y en leguas extrañas. Quien mejor que tu para descifrarlo.

–Pero Fernando... Esto no es nada de lo que haya visto antes. –Le dije confundido.

-Bueno…–Me sonrió–. Es posible, pero seguro que los descifras antes que yo. Yo soy muy torpe para acertar jeroglíficos.

Ante la insistencia de José y el interés que le ponía, decidí centrarme en el escrito del papel y activar el funcionamiento todo mi arsenal de conocimientos en escritura antigua.

En el papel, aparte de la ya sabida sucesión de números escondidos, había más. Mucho más.

Empecé a girarlo y a tratar de encontrar un significado. Creí ver un símbolo gallego muy antiguo que se utilizaba para comunicarse entre los dueños de rebaños. De esta forma se advertían de peligros entre ellos y que para que otros compañeros lo vieran, cincelaban en los árboles con su navaja.

Interpretado así rápidamente pude entender;

“Buscar” “O dirigirse a...”.

Seguí descifrando símbolos. Esta vez pude examinar que unas manchas de tinta plasmadas de forma torpe sobre aquel papel asemejaban las huellas de unos zapatos y en su lado derecho existía una numeración a base de rayas y puntos que me era muy familiar. Era un rudimentario código Morse. Comencé la traducción del código y se pudimos leer: “5 izquierda, giro derecha, 34 frente, seguir 83…” Y así sucesivamente. Uniendo las pistas del impreso pude llegar a la conclusión que la numeración que se detallaba eran la cantidad de pasos y las indicaciones la dirección. En ese momento intervino José.

–¡Un mapa! ¿Es un mapa no? –Exclamo mi acompañante.

–Si eso parece amigo –Le contesté.

–Pero, ¿A donde nos llevará?, preguntó intrigado.

–No lo se José, la mejor manera de saberlo es seguir las instrucciones de estos símbolos.

Dicho y hecho, comenzamos a seguir al pie de la letra lo que quería trasmitir la persona que los escribió.

Comenzamos el recorrido que nos llevo a salirnos de la habitación y nos fue guiando escaleras abajo hasta el final de las mismas. En ese momento José me cerró el camino y me dijo en tono de preocupación.

–Fernando. ¿Y si fuera una trampa? Hace menos de una hora, una entidad monstruosa a intentado llevarme al lado mas oscuro de la otra dimensión. ¿Quién nos puede asegurar que esto no es algún truco para que piquemos?.

–No te lo puedo asegurar José, pero algo me dice que quien está detrás de esto quiere que averigüemos algo y lo ha dejado escrito para las personas correctas.

– ¿Y porqué nosotros? –Preguntó lleno de dudas mi amigo.

Poniéndole la manó en el hombro le saqué de sus interrogantes:

–José. Algo me dice que no estamos aquí por casualidad, es el destino el que nos trajo a este hospital encantado.

Sin decir palabra, José levantó las cejas y emitió un suspiro mientras se rascaba la cabeza intentando hilar esta increíble historia.

Continuamos siguiendo con detalle las especificaciones del pergamino hasta que llegamos a un gran arco de entrada.

En un pequeño cartel encima de la puerta rezaba: “Biblioteca”. Lógicamente no funcionaba la luz, así que tuvimos que encender una pequeña linterna que José llevaba en su inseparable “riñonera”.

Nuestra sorpresa iba en aumento. Ante nosotros un gran salón lleno de libros nos contemplaba. En sus dependencias había miles de ellos.

Polvorientos, comidos por la carcoma, pero llenos de secretos.

El código Morse siguió dictando pasos hasta que finalizó al lado de una estantería. Los símbolos que marcaba había llegado a su fin. ¿Pero porque pararnos allí?. En el papel ya no había nada más. Le di la vuelta, pero nada, no había escrito ni una sola coma.

Pasaron unos minutos en los que poco a poco fuimos entrando en una paulatina desilusión. Hasta que José mirando el papel un buen rato dio con la clave.

–¡Si, lo tengo, se lo que pone!. –Gritó ilusionado–.

Volvió a buscar en su bolso de cintura visiblemente nervioso y sacó un bolígrafo de tinta negra. Pulsó la mina y vi asombrado como lo que era antes el código Morse se convertía en letras unidas por la pericia de mi compañero y su "Boli". Un juego tan infantil como unir puntos con lineas nos había dado una clave muy importante.

Con la transformación del código apareció ante nuestros ojos un mensaje en el dialecto Galego que decía:

"ADEL CESTA 315, "LIBRO DE DEUS, AS ALMAS PENITENTES PENA".

"DERECHA, ESTANTERIA 315, "LIBRO DE DIOS, DE LAS ALMAS PENITENTES EN PENA".

Recordé entonces que “El libro de Dios de las Almas Penitentes en Pena” fue una obra prohibida por la iglesia en el siglo XII.

Empezábamos ha hacernos un lio mi compañero y yo.

¿Que relación tenía todo lo ocurrido con este libro? Alguien o algo estaba claro que nos quería llevar por una serie de pistas para llegar a un fin concreto.

Abrimos cuidadosamente el tomo que teníamos entre las manos y miramos en su interior.

Tan inmersos estábamos ante el hallazgo que no reparamos que en la puerta de entrada había alguien.

José con su peculiar forma de exclamar dijo:

–¡Ostias, mira, mira...!

Una figura negra, como la misma madrugada sin luna que en la que estábamos, avanzaba por el pasillo.

En su avance; la poca luz que entraba por las ventanas del pasillo era absorbida por aquella visión.

Sus ropajes hechos jirones volaban como si una tenue brisa los empujara.

Más cerca de nosotros pudimos adivinar que la cubría de pies a cabeza una túnica con capucha negra que estaba formada por rostros que expresaban muecas de dolor y sufrimiento.

La paralización de nuestros cuerpos era un hecho. Notaba como mi compañero pegado a mi, empezaba a temblar.

El espectro se paro a unos metros de nosotros. Levantado lo que parecía la manga de su atuendo dejo ver una mano cadavérica. Lo que a continuación vimos nos estremeció y corroboró lo que empezábamos a sospechar.

El brazo de aquella entidad oscura se extendió adelantándose a su cuerpo. En ese preciso instante pudimos escuchar un crujido. Como si una rama seca se doblara poco a poco.

Una vara larga de madera comenzó a tomar forma en las falanges de aquel ser.

Del interior de ese "palo" surgió una hoja de cuchilla oxidada pero que aún conservaba su filo.

El chasquido metálico nos hizo sobresaltarnos. No había ninguna duda. Creo que mi compañero también compartía mis certezas. Estábamos ante la entidad más temida de la creación y seguramente el que más pesadillas ha infundido en los corazones del ser humano: "La Muerte".

José agarrado a mi como quien agarra un niño a su madre, inició balbuceantemente una pregunta a aquella formación:

– ¿Es que vamos a morir, vienes a por nosotros?.

Una voz grabe, como salida del mismo infierno que provenía de "aquello" comenzó a darnos pistas de su visita.

–"Hoy no vendréis conmigo"

Apenas un suspiro de alivió le hizo a mi compañero seguir preguntándole.

– ¿Que quieres entonces, a que has venido?

"La Parka" continuó hablando.

– "Hay seres que son más fuertes que yo y quieren acabar con la raza humana. Vosotros tenéis que impedirlo.

Casi a la vez mi compañero y yo exclamamos:

–¡¿Nosotros?!

– “Así es”. –Respondió la dama de negro–.

–Pero nosotros nos sabemos que hacer. Además: ¿Porqué no quieres que muera la humanidad si su eres precisamente “La Muerte”?

–Interviniendo José.

– “Soy la segadora de almas desde mucho antes de vuestra existencia. Pero las malas artes del hombre ha hecho que el mal prevalezca sobre el bien y que adquiera poder. Si “ellos” ganan, yo no tendré almas que llevarme. Mi existencia no tendrá sentido”.

Casi no podíamos creer lo que estábamos oyendo: La Muerte nos pedía que la ayudáramos. ¿Pero quién eran “ellos”?

La reina del transito a la otra vida continuó hablando con voz atronadora.

– “Tenéis un libro en vuestras manos que os guiará hasta vuestro destino. Habéis sido elegidos porque creemos que estáis lo suficientemente preparados para llevarlo a buen fin. Solo mortales como vosotros lo podrán parar. Seguir el camino del peregrino”.

–¿El camino del peregrino, cual? –Pregunte.

–“Él conocia las claves y sabía que esto iba a ocurrir. Teneis que ir a Santigo de Compostela. Allí encontraréis respuestas en su catedral”.

Lleno de dudas intenté seguir interrogandola. Pero sin dejar que pronunciara una sola palabra. Aquella visita del más allá se esfumó en una neblina negra con un profundo olor a azufre.

Nuestras caras de asombro eran casi iguales. ¿Quien nos iba a decir que de venir ha hacer una sesión de Ouija en un antiguo hospital, ibamos a ser lo responsables de que se acabara la existencia humana o no?

Esto se estaba complicando por momentos y creíamos que estábamos metiéndonos una hazaña de la que no sabíamos si íbamos a salir bien parados.

Recuperándonos de las noticias que nos había revelado “La Muerte” personificada, decidimos dejar el voluminoso ejemplar que habíamos cogido de las estantería encima de una mesa polvorienta y abrir su tapa para encontrar las dudas que nos revoloteaban encima de nuestras cabezas.

En las primeras páginas del ejemplar pudimos leer:

"Almas que sois impuras recorrer los caminos hacia la estancia del peregrino, donde llegaréis a tierras serenas. Allí os guarda un lugar donde los males son aliviados, donde los negros ángeles vencidos, y los pecados perdonados".

Seguimos leyendo aquella amalgama de hojas amarillentas. Solo con algunas de ellas empece a comprender lo que había ocurrido en las horas anteriores. Miré a José y le dije:

–Amigo, creo que empiezo a entender este embrollo en el que nos hemos metido.

– ¿Ah si?, pues empieza a explicar, porque "macho", yo no me entero de nada.–Respondió bromeando José.

Hice una pausa de unos segundos para ordenarme mis ideas y comence la disertación.

–Empezaré por lo último. Santiago Apóstol sabía que un dia esos seres oscuros querrían adueñarse del mundo y hacerlo desaparecer. Ideó una forma para que las gentes limpiaran sus culpas a través de una peregrinación. Esto que tenemos en nuestras manos es una guia de los sitios a donde debemos ir para vencer a las almas que quieren acabar con todo. ¿Recuerdas el ser que se hizo pasar por nuestro amigo Carlos?

–Si lo recuerdo, como para olvidarlo. –Contesto José irónicamente.

–Pues ese ser era uno de ellos. Quieren a toda costa evitar que resolvamos el enigma que tenemos entre manos.

–Aparte de eso Fernando; el que trajeras esta Ouija tan especial de San Andrés de Teixido no fue ninguna casualidad. Era un plan previsto para que nos pusieramos en contactos con otras entidades.

–Pero... ¿Porqué en el incendio del hospital al principio se dijo que fue fortuíto por la caida de un rayo? ¿Porqué se ocultó? ¿Y Carlos, porqué se accidentó y se lo llevo la Santa Compaña? –Preguntó José.

Amigo José todas las repuestas aún las sé. Pero si te diré que el motivo por el cual querían quemar este edificio fue lo que tenemos ahora mismo delante.

– ¿El libro? –Preguntó.

–Si José, el libro. Seguramente alguien lo busco incesantemente para destruirlo, Y ese "alguien" no pudo dar con él. Entonces sin importarle las más de doscientas vidas humanas que perecieron en el incendio, quemó el hospital para que nunca fuera encontrado. Posiblemente los monjes de la antigua abadía que ocuparon estos cimientos en el pasado, lo guardaron para evitar que lo robaran o lo destruyeran.

–Fijate en las entanterías de esta biblioteca –Le dije a José.

–Si, ya veo. Estan todas quemadas menos las 315, donde hemos encontrado el volumen.

–Correcto compañero. Este libro es más de lo que vemos. Tiene un poder que no podemos entender aún. Lo de La Santa compaña y lo de Carlos todavía no le he encontrado explicación. Y tampoco a aquella misteriosa mujer que los acompañaba.

– ¿Y lo de la niña y su madre tratándola de rescatar del fuego?

–Preguntó mi colega.

–Son ecos en el tiempo.–Le respondí–. Impregnaciones de sucesos cargados de sufrimiento. Almas pidiendo justicia.

– ¿Y que sugieres que hagamos Fernando?

–Pues...Tenemos que peregrinar a Santiago de Compostela amigo. Allí encontraremos la solución en su catedral. En el viaje y con la ayuda de esta guía en forma de volumen, encontraremos la manera de que no se adelante el juicio final.

–Entonces en marcha. ¿No Fernando?

–Si José, en marcha.

Despuntaban las primeras luces del alba que entraban por las derruidas ventanas. José apresuradamente subió las escaleras en busca de la tabla Ouija. Yo lo esperaba abajo con el libro entre mis manos.

Note una sensación como de desasosiego. Como si alguien me mirara fijamente.

Volví la cabeza poco a poco, como a cámara lenta y pude contemplar a una legión de figuras enlutadas a mis espaldas. Sus vestimentas no les dejaban ver sus rostros. José atónito ante tal manifestacion de espectros, aminoró su bajada del piso de arriba y me miró como tratando de buscar una explicación a la aparición de aquellos fantasmas góticos. Todas esas almas de ultratumba tapaban la puerta de salida del recinto. Estaba claro que no lo teníamos tan fácil para irnos de alli. Eran "Ellos".

Continuación en:

ENCUENTROS CON LO OCULTO/VOL.2

EL OTRO LADO DEL MISTERIO

VOL.1

facebook

https://www.facebook.com/pages/ENCUENTROS-CON-LO-OCULTO/261816760577238

Web

http://lolivillarejoalcalde.wix.com/encuentrosconlooculto

ISBN: 978-1-4717-6547-6

Web y portada diseñadas por:

M·U·N·2 Diseño gráfico

http://mundisenografico.wix.com/mun2

www.ingramcontent.com/pod-product-compliance
Ingram Content Group UK Ltd.
Pitfield, Milton Keynes, MK11 3LW, UK
UKHW020231250726
13967UKWH00001B/297